最豪華的機器人

管家琪◎著　陳維霖◎圖

播下美好品德的種子／管家琪

　　由於去年《影子不上學》、《不可思議的一天》、《東東和稻草人》三本「品德童話」受到很不錯的回響，今年我們再接再厲繼續推出《毛毛蟲過河》、《最豪華的機器人》和《遇到一隻送子鳥》這三本圖文書，希望大家都會喜歡。

　　所謂「品德童話」，就是在每一個童話中都有一個中心思想，而每一個中心思想都是一個良好的品德。我們並不想刻意地「為教育而教育」，板起臉來道貌岸然的教訓小朋友，我們只想用圖文並茂的方式來悄悄的感染小朋友。

　　如果說讀一本書就能對孩子產生多麼大又多麼好的影響，無疑是非常誇張的，甚至可以說是非常狂妄的，更何況培育孩子主要仍然是要依靠家庭教育和學校教育，不過，期望孩子能受到一點點好的感染卻應該還是有可能的吧。

就在我寫這段文字的時候，從報上讀到一篇報導，美國新任總統也是美國有史以來第一位非洲裔的總統歐巴馬表示，英國畫家瓦茲的畫作《希望》曾讓他深受震撼和激勵，歐巴馬認為這對他的一生有著巨大的影響；現在很多人寄望歐巴馬做「林肯第二」，也能成為一個偉大的總統，而影響林肯至深的則是十九世紀美國作家斯陀夫人一部現實主義傑作《黑奴籲天錄》（又名《湯姆叔叔的小屋》）……古今中外許許多多的例子告訴我們，文學藝術所能產生的感染人心的力量，有時確實是相當驚人的。

　　「寓教於樂」一直是教育的最高境界。對於我們每一個兒童文學工作者來說，如果在享受創作的同時，也能不忘這一追求，善盡一份社會責任，關心

孩子們的成長，那將是一件多麼美妙的事。

　　孩子的童年是多麼地重要，我們希望能在孩子這個至關重要的階段，播下一顆顆美好品德的種子，隨著他們慢慢長大，希望這些小小的種子能悄悄發芽，在無形之中引領著他們成長為一個正派高尚的人。

　　沒有什麼比「做一個好人」來得更可貴的了！在孩子們長大以後，不管他們會從事什麼樣的工作，在社會上哪一個崗位奉獻他的心力，只要他有良好的品德以及正確的價值觀，他都會是一個有用的人，也自然能得到大家的敬重，否則就算是表面上一時再怎麼風光成功，一個無德之人終究還是一個失敗者，也必定還是會遭到世人的唾棄。

作風樸素的人不會迷失／管家琪

有一個笑話是這麼說的：

兩個孩子在一起比來比去。一個孩子說：「我家很大！」另一個就說：「我家比你家更大！」接下來，「我家的車子很貴！」「我家的車子更貴！」兩人就這樣比個沒完，比到最後，一個孩子居然說：「我媽媽很胖！」而另一個孩子也立刻不甘示弱道：「我媽媽更胖！」

這個笑話逗趣的地方是在於孩子並不認為胖有什麼不好，「媽媽很胖」可能意味著「被媽媽抱著很舒服」，或者「媽媽力氣很大，出去玩走不動的時候，媽媽就會背我或抱我」，可是這個笑話所流露出來的在物質方面

「比」的心態，是很不好的，而且不免讓人聯想，孩子們這種「比」的價值觀又是從何而來的呢？

人的欲望本來就是永無止境，一個人如果對物質有著狂熱的追求，其實只是反應出他精神層面的淺薄和空虛。

當然，誰都想過好日子，誰也都有權利追求好日子，但是，在為了過好日子而努力的同時，我們也別忘了要經常停下來想一想，在過去沒有轎車、手機、電腦和種種昂貴的裝飾品之前，難道我們就不能過日子了嗎？就不會有任何快樂和幸福的感受了嗎？

畢竟，想要過一種充實而又愉快的生活並不是光憑著物質享受就能辦得

到，唯有物質欲望不高、作風樸素的人，才不會在追求好日子的同時有所迷失，到頭來反而可能會丟棄了真正重要的東西而不自知，那才真的是得不償失啊！

崇尚樸素，你會擁有更多/管家琪

　　如果你曾經羨慕過別人有漂亮的衣服，或是很貴的文具和玩具，又或者是去過多少地方、多少國家旅遊，請回過頭來想一想，生活之中真正重要的東西譬如陽光和空氣往往都是免費的，還有很多重要的東西譬如別人對我們的關愛、尊重和信任等等，也都是物質（你可以就先理解為金錢）很難衡量的。

　　你們現在還小，對於未來想成為一個怎麼樣的大人，想要過一種什麼樣的生活也許還懵懵懂懂（不過，如果你能提早想想這些問題，對你會很有幫助，也許你會因此早早立定未來的志向。），等你們漸漸長大，你們會慢慢

發現，人生會有很多追求，物質追求固然也是其中之一，但絕對不是也不應該是唯一的追求。如果過於看重甚至於只著眼於物質追求，這樣的人或許能夠痛快一時，但就長期來看，絕不可能擁有幸福和安寧的生活。

等你們慢慢長大，只要留心一些，你們還會發現，在各行各業出類拔萃的人，生活作風幾乎都是比較樸素的；不是因為他們沒有經濟能力來享受，而是因為他們把心力放在了更有價值的事物上。

樸素是一種美德，唯有崇尚樸素，才不會淪為物欲的奴隸，也才可能會活得更有價值。

【繪者的話】

創作本書時／陳維霖

記不得什麼時候開始買機器人玩具，也記不得玩壞掉多少個機器人玩具，為什麼喜歡買機器人玩具？大概一拿到手，就可以天馬行空的想像吧！現在一想到機器人應該就如變型金剛之類超炫、超酷的電影及玩具，不過這不是我喜歡的類型，我還是喜歡早期如《鐵人28號》、《鹹蛋超人》、《無敵鐵金剛》之類動畫所延伸出來的玩具，雖然變身起來破綻百出，但那種很拙的味道卻久久消逝不去，構思這本書的當中，非常感謝眾多的機器人玩具伙伴們，及以前收藏橫山光輝的《鐵人28號》動畫DVD激發我

許多的靈感，也讓自己的想像有個依據，也謝謝女兒的舅舅遠從美國帶回來送我的壞蛋鋼鐵人，加入我們的陣營，讓家裡的眾多機器人玩具玩耍時多了一個假想敵。

　　創作本書的過程約了幾個好友一起騎自行車到台東玩，雖不像書中的玩具們，有那麼多驚奇的歷險，一路上有山有水，在蘇花公路上遇到覓食的猴群，往光復的路上輪胎被石頭刺破，種種的過程都讓忙碌的生活添加許多的樂趣。

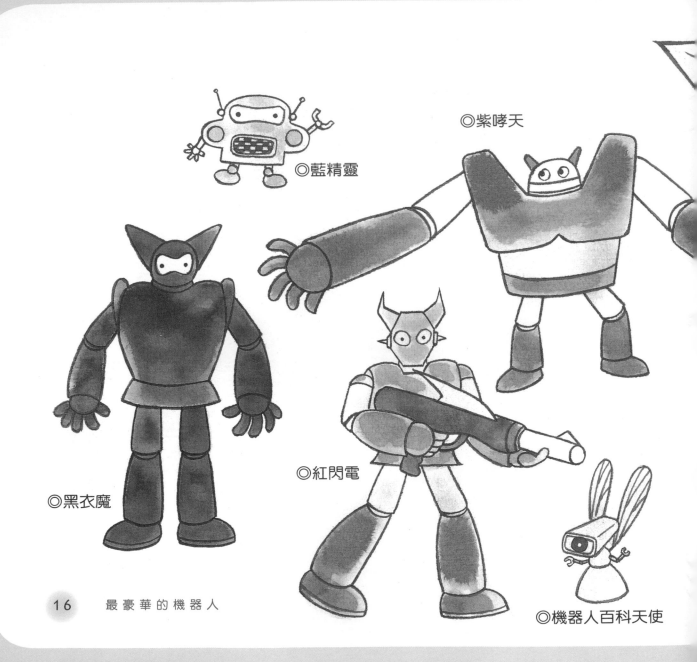

◎藍精靈

◎紫哮天

◎黑衣魔

◎紅閃電

◎機器人百科天使

最豪華的機器人

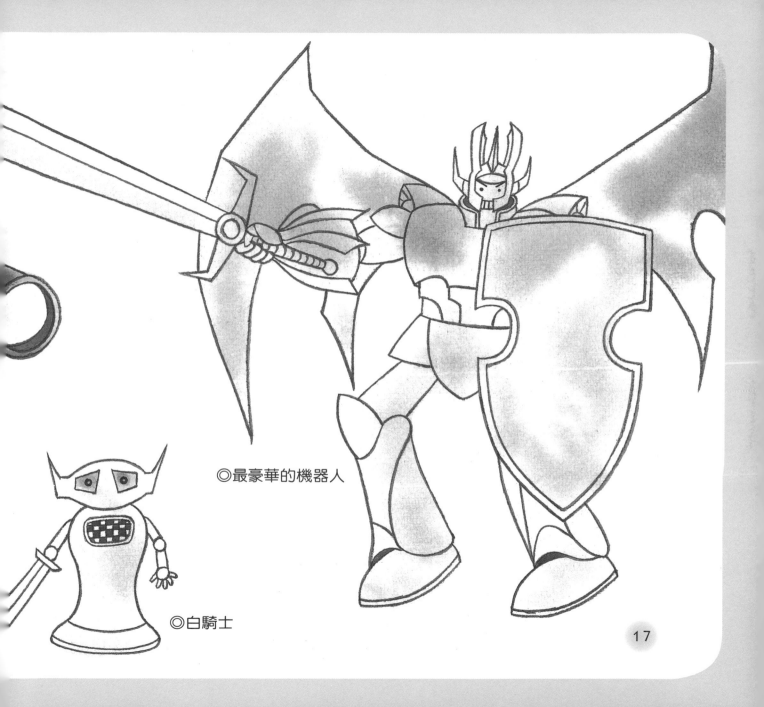

◎最豪華的機器人

◎白騎士

17

小寶有很多很多玩具，最近他最喜歡的是五個武士型機器人。他們的名字分別是黑衣魔、白騎士、藍精靈、紫哮天和紅閃電。

　　從他們的名字，你大概已經可以猜得出來，他們的造形其實都滿接近的，但各有自己的主題色。其中，黑衣魔的資格最老，他是小寶所擁有的第一個武士型機器人。

　　黑衣魔記得很清楚，當小寶第一次看到自己的時候，立刻兩眼放光、欣喜若狂地衝過來，當時可真把黑衣魔嚇了一大跳，但緊接著他就為小寶的那股熱情勁兒感到很滿意，並且也馬上就喜歡上了這個小主人。

　　那天，是小寶七歲生日，爺爺奶奶送小寶一個新書包，爸爸送小寶

一套顯然是有點兒超齡的益智遊戲，黑衣魔則是媽媽送的，而黑衣魔毫無疑問是小寶最喜歡的生日禮物，一整個晚上，小寶幾乎都只跟黑衣魔玩，晚上還要摟著黑衣魔睡覺。

（不過，為了怕磕著小寶，等小寶一睡著，媽媽就悄悄地把黑衣魔從小寶的懷裡抽出來，放在床頭櫃上。）

在那幸福的晚上，黑衣魔不禁幻想著：「他既然這麼喜歡我，會不會給我買漂亮的裝備呀……」

在玩具店裡頭，黑衣魔並不是最豪華的機器人，他早就注意到有好多機器人的裝備都比他新、比他酷、比他先進，他好羨慕啊。

「真希望我也能有那些裝備，我每一個都想要。」站在床頭櫃上，

黑衣魔滿腦子都這麼想。

沒想到，小寶沒有為他添新的裝備，而是陸陸續續為他加了四個同伴！

一開始，黑衣魔對這四個同伴非常排斥，怎麼看他們都覺得不順眼。他覺得白騎士太白，藍精靈太藍，紫哮天太紫，紅閃電太紅—— 一句話，黑衣魔覺得他們的裝扮都太花稍了，一點也不像個武士，裝備又都和自己的一樣破，看起來就一點也不厲害，特別是那個白騎士，特別離譜，穿得那樣一身白，還打不打算戰鬥啊？稍微一戰鬥不是馬上就弄髒了嗎？

黑衣魔嘴上沒說，心裡對這四個同伴可是不大喜歡。不過，就算再

不喜歡，看在大家都是機器人的分上，他也只能跟他們在一起——沒辦法，他總不能去跟那些絨毛玩具戰鬥吧！

久而久之，大家的感情也就這麼自然而然地培養起來了。

而白騎士、藍精靈、紫哮天和紅閃電倒是一開始就對黑衣魔滿尊敬的，都稱他為大哥。因為黑衣魔來得最早（儘管實際上也早不了多久），再加上黑衣魔那一身黑的造形，看起來似乎就是比他們要厲害些。

如果小寶不在家，或是晚上小寶進入夢鄉以後，五個機器人常常會在一起聊聊天，或是沒什麼意義地打打鬧鬧。哎，誰叫他們是武士型機器人呢，打打鬧鬧是天經地義的。

這天晚上，當大家又聚在一起胡打胡鬧的時候，黑衣魔突然覺得很無聊，就默默地走開，想一個人靜靜。

他想爬上小寶的書桌。那裡的視野好，每當心裡覺得特別悶的時候，黑衣魔就喜歡站在書桌上看看窗外。

然而，這天晚上，他剛爬上書桌，立刻就被一個從來沒有看過的東西給吸引住了。

那是一本書，一本攤開的書。「書」這個東西，黑衣魔以前見過，並不稀奇，稀奇的是這好像是一本與機器人有關的書，因為在現在攤開的這一頁上，黑衣魔看到有一個傢伙和他們長得好像。不過這還沒有什麼，最吸引黑衣魔的是那個傢伙的手上，拿著一個好帥、好漂亮又金光

閃閃的護盾！

黑衣魔的目光被死死地定在那個護盾上。

實在是太漂亮了啊！黑衣魔由衷地讚嘆著。和這個護盾比起來，他們幾個弟兄手上所拿的簡直就不知道是個什麼玩意兒。

這時，底下的藍精靈他們發現黑衣魔不見了，正在找他。

「大哥，你在哪裡呀？」

一連叫了幾聲，黑衣魔終於聽見了。

回過神來之後，黑衣魔走到書桌邊，對底下的伙伴回應著：「喂，我在這裡，你們快上來！」

「上來幹麼？」白騎士問。

在五個機器人之中，白騎士向來是最懶得動、幾乎是能不動就不動的；每回大家在打打鬧鬧的時候，他總是花拳繡腿，每回有人提出什麼主意的時候，他也總是第一個發出疑問（其實就是一種不太情願的表現），原因很簡單，他怕會弄髒。

「上來看一個很棒的東西，」黑衣魔的口氣裡透著無比的興奮：「包你們大開眼界！」

藍精靈、紫哮天和紅閃電一聽，都來勁兒了，紛紛爭先恐後地往書桌上爬。這麼一來也勾起了白騎士的好奇心，令他不由自主地也跟著往上移動。

等到大家都爬上來了，一看到畫面上那個機器人，果然如黑衣魔原

先所預期的一樣，都愣了一下，緊接著紛紛七嘴八舌起來。

藍精靈說：「哇，好帥啊！」

「就是，」紫哮天說：「這是誰呀？」

紅閃電說：「他是哪個系列的？」

白騎士也說：「以前在玩具店裡好像也沒見過這傢伙，他是不是剛冒出來的？不知道他叫作什麼名字？」

見大家都把注意力放在那個陌生的機器人身上，黑衣魔不禁覺得好氣又好笑。

「喂，你們的眼睛是怎麼長的啊？尤其是你，紅閃電，虧你的眼睛還會發光！你們都搞錯重點了啦！」黑衣魔說：「你們別管那個傢伙，

我是叫你們看看他手上拿的護盾，瞧瞧人家的護盾有多棒！」

　　經過黑衣魔這麼一提醒，大家這才趕緊把那個充滿光輝的護盾好好地瞧了個仔細。

　　「哇，真的好棒啊！好漂亮啊！」大夥兒都紛紛讚嘆著，並且都奇怪這麼一個光彩奪目的東西，自己剛才怎麼居然會沒注意到。

　　「看看人家的護盾多豪華！」黑衣魔十分感慨，「再看看咱們的護盾吧，多寒酸！」

　　大夥兒一聽，紛紛低下頭來看看自己手中的護盾，若有所思，不過，大家的感想卻和黑衣魔想像的不同。

　　白騎士說：「我覺得咱們的護盾也還好嘛，至少是堅固耐用。」

紅閃電說：「是啊，那個傢伙的護盾雖然很漂亮，但是仔細想想，能不能用啊？」

「說得也是，」藍精靈說：「就算能用，恐怕也不經用吧。」

「而且只要隨便挨了那麼一斧什麼的，一定會心疼得要命，這麼漂亮的東西一看就知道一定很貴！」紫哮天也這麼說。

黑衣魔聽到弟兄們都這麼說，很不高興。

「喂，你們怎麼盡講這些沒出息的話！我認為一個真正的武士，就應該配上這種高級的護盾！」說到這裡，黑衣魔頓了一下，突然發出驚人之語：「我也想要一個這樣的護盾！」

弟兄們看著大哥，都覺得大哥未免有些異想天開。

紅閃電就說：「真的會有這樣的護盾嗎？這麼亮閃閃又這麼昂貴的東西，我可是從來也沒見過。」

　　在五個機器人之中，紅閃電是在玩具店裡待得最久的，他是在最近一次大減價的時候，才被媽媽買回家送給小寶的。

　　紅閃電語音剛落，誰都還來不及接腔，突然，有一個細細的聲音應道：「我知道該上哪兒去找這樣的護盾。」

　　「誰？」大家紛紛東張西望，「是誰在說話？」

　　「是我，是我啊！快看這裡，就在這裡啊！」那個聲音熱切地嚷嚷著。

　　大夥兒東找西找，結果，白騎士首先找到了聲音的來源。那是書頁

上一個小圓圈，就在那個陌生機器人的旁邊，圓圈裡有一個小小的機器人，可是他的手裡什麼武器也沒有，背後卻有一對小天使般的翅膀。

而他居然還真的號稱是「天使」！

「我是機器人百科天使，」那個小傢伙說：「只要是和機器人有關的問題，我統統都知道！」

「嚇，居然還會有這樣的天使！」紅閃電驚奇萬分，「這個我同樣也是從來沒聽過，也沒見過。」

「我可知道你，」機器人百科天使說：「你叫作紅閃電，紅色代表熱情，也代表暴力，還好你還不算是一個暴躁的傢伙，你的武器是Z-1ooo型雷射槍，每次戰鬥的時候，雷射槍都會發出紅光，而且每發

射五次，你的身體就會發亮一次……」

看機器人百科天使如此滔滔不絕，大家都感到不可思議，紅閃電更是驚訝得不得了，「喲，看樣子你好像比我還了解我自己嘛。」

黑衣魔立刻追問機器人百科天使：「你剛才好像說你知道該上哪兒去找那樣的護盾？」

「沒錯，」機器人百科天使說：「那是黃金護盾，屬於『最豪華的機器人』，我可以帶你們去找他，我想他會很樂意地把黃金護盾讓給你們。」

「真的？」黑衣魔立刻興奮地叫起來，「有這麼好的事？」

「當然！」機器人百科天使非常肯定地說：「而且，在機器人的國

度裡，還有好多好多的好東西，我都可以帶你們去看看，體會一下。」

「機器人的國度？」大夥兒異口同聲地重覆道，都覺得很新鮮。

黑衣魔想到一個重要的問題，認真地問那個小傢伙：「那些好東西，包括你說的那個黃金護盾，不可能是免費的吧？」

「免費？哈哈，當然不可能是免費的，」機器人百科天使笑著說：「不過，我保證你們一定都付得起。」

藍精靈說：「我們可沒錢啊。」

「不要錢。」

紫哞天奇怪道：「那要我們付什麼？」

「按照我們的規矩，不能主動告訴你們，反正將來你們自然會明

白，現在我只能說，你們一定付得起。」

大夥兒你看看我，我看看你，都沒說一句話。黑衣魔看出大家的猶豫，就對機器人百科天使說：「請你等一下，讓我們討論討論。」

說罷，黑衣魔一轉身，趕緊把大家聚攏起來，小聲地說：「你們覺得怎麼樣？我覺得機會難得，我要去！」

然而，弟兄們的反應卻相當遲疑。

白騎士首先說：「我覺得那個傢伙神祕兮兮的，我不喜歡。」

黑衣魔瞪他一眼，「你這麼說一定又是因為你怕髒，不想動。」

「才不是，」白騎士急忙分辯道：「其實我是真的覺得咱們的護盾也還好嘛，咱們不一定非要那個什麼黃金護盾不可。」

「我想要，」黑衣魔說：「而且你沒聽他說，不止護盾，還有好多好多的好東西！」

「可是為什麼他不肯告訴我們，到時候會叫我們付什麼？」紅閃電說。

「人家都說了，那是規矩。」黑衣魔開始有些不耐。

藍精靈和紫哮天也擔心道：「可是，不知道那個代價會不會很高？」

黑衣魔還是堅持說：「管他的，反正他不是說我們一定付得起，那就好了嘛。」

然而，弟兄們卻還是不斷地嘀嘀咕咕：「會不會太冒險了啊……」

黑衣魔急了，「喂！你們怎麼這麼膽小！你們還是不是機器人啊！」

白騎士說：「大哥，你忘了咱們本來就不是機器人，咱們只是機器人玩具啊。」

「我不管，我早就想更新我這身破爛裝備了，我一定要去！」黑衣魔有些發火道：「我要去見見那個最豪華的機器人，我也想成為一個最豪華的機器人！」

看黑衣魔這麼堅持，又這麼激動，弟兄們不再多說什麼；基於友情，他們都覺得既然大哥這麼想去，那就陪大哥去走一遭吧。

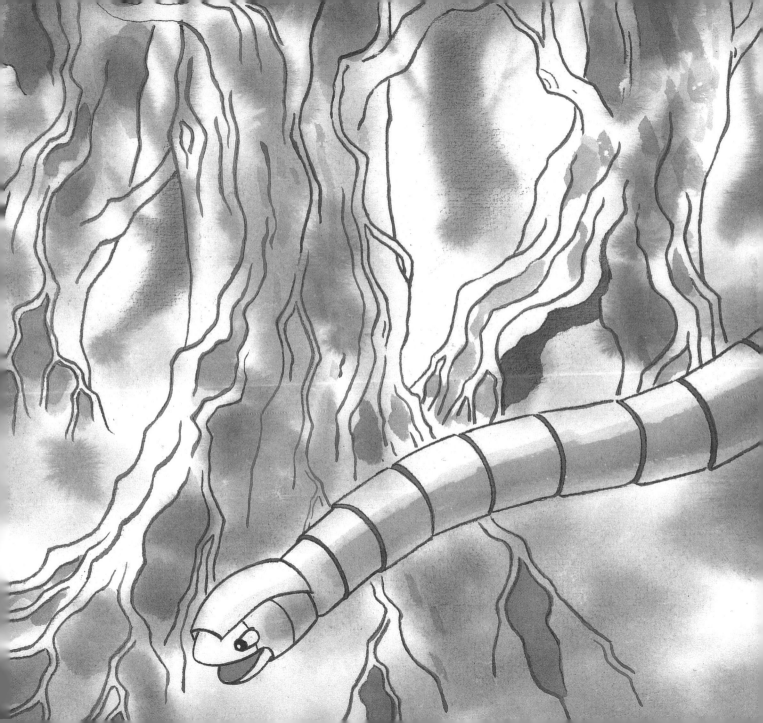

◎　◎　◎

在大夥兒的想像中，所謂「機器人的國度」應該是一個類似百貨公司那樣的地方，有很多很多漂亮新穎的裝備任他們挑。

（這也難怪，其實除了主人小寶的家，他們有印象的地方，好像也只有百貨公司這個地方可以和「豪華」兩個字扯得上關係。）

沒想到，機器人百科天使一帶著他們飛進那本與機器人有關的書裡之後，他們赫然發現自己竟然置身在一個偌大的森林裡！

「天哪！」性急的紅閃電第一個叫出來：「這裡就是機器人的國度？不會吧！」

「當然不是，」機器人百科天使笑道：「這只是通往機器人國度的

必經之路，要去什麼地方哪有一下子就到的，總要有一個過程嘛。」

紅閃電說：「幸好幸好，我還以為是百貨公司還沒蓋呢。」

「百貨公司？」機器人百科天使驚訝道：「你怎麼會以為我們是要去百貨公司？我們不去百貨公司，我們要去機器人的國度，機──器──人──的──國──度──，真是的，都不聽我說話！」

既然機器人的國度不像百貨公司，這時，大夥兒包括黑衣魔在內，突然都感到有些不安。

黑衣魔擔心地問：「不會真的有什麼危險吧？」

機器人百科天使很快就收拾起剛才的不痛快，又笑起來，「那倒不會啦，你們就放一百二十萬個心吧！還有，我可以保證，如果你們半途

想回去，隨時都可以回去，只不過所得到的寶貝帶不回去而已，那些東西都只能在這裡才能試用。」

「真的？」大夥兒都還是有些不大放心。

「當然是真的。」機器人百科天使笑咪咪地說。

大夥兒仔細研究這個愛笑的小傢伙，都覺得他的笑容看起來很純潔，完全就像是一個天使應該有的笑容，不像是在內心隱藏了什麼可怕又卑鄙的陰謀。於是，他們一致決定，相信這個小傢伙。

這麼一想，大家就開始放心地打量起所身處的這片森林。

由於森林被薄霧籠罩，又過分安靜，無形中便平添幾分神祕的氣息。每一棵樹似乎都又高又大，枝葉茂密，抬頭一看，幾乎沒有什麼陽

光能從林間透下來，大夥兒睜大了眼睛拚命猛瞧，才漸漸發現有些個頭頗大的果實若隱若現地掛在枝頭，這才明白原來這是一片果樹林。

「走吧！」機器人百科天使輕快地說著，開開心心地撲騰著小翅膀，開始前進。

黑衣魔立刻第一個緊跟了上去。黑衣魔心想，是他堅持要來的，當然應該表現得積極和勇敢些。

白騎士、紅閃電、藍精靈和紫哞天，則陸陸續續跟在黑衣魔的後頭。

走了一會兒，機器人百科天使忽然大聲嚷了起來：「噯，慢一點，慢一點呀！」

他的聲音雖然不是慌張，但也顯得很急切，大夥兒不由自主地就謹慎地停下了腳步。

「怎麼了？」黑衣魔代表問道。

「我說呀，」機器人百科天使說：「你們不要只顧著趕路嘛。」

「什麼意思？」紅閃電愣頭愣腦地問道：「我們不是正趕著要去那個什麼機器人的國度嗎？」

「話是沒錯，可是如果一心只顧著趕路就太辛苦了，也太無聊了嘛，」機器人百科天使暗示道：「比方說，你們可以一邊走，一邊東看看西看看呀！」

大夥兒接受建議，果真東張西望起來。

一個不留神，紫哮天還差點兒摔了一跤，忍不住嘟囔道：「奇怪，這樣就會比較好玩嗎？」

就在這時，白騎士突然發現樹上有些果實的樣子愈看愈奇怪，而且還在隱隱發光。

「你們快看！」白騎士嚷著：「是我眼花了嗎？那些果實好像會發光！」

原本視力最好的紅閃電仔細辨認一番，肯定地說：「沒錯，真的在發光，而且我覺得那些掛在樹上的根本不是什麼果實，好像是推進背包。」

「太好了！發現了！」機器人百科天使立刻「啪啪啪啪」地鼓掌，

高興地說：「這樣就對了嘛。」

　　說著，五個推進背包就紛紛從樹上落下來，自動落在大家的懷裡。大家驚喜地發現，這是一款很新很漂亮又很貴重的推進背包，上面還鑲了紅寶石呢。

　　「哇！太棒了！」大夥兒都很高興。

　　機器人百科天使看起來也很高興，「怎麼樣？好玩吧？前面還會有好多很棒的東西哦，快走吧。」

　　「好啊。」大夥兒都開心地把推進背包背起來。

　　可是，才走了一會兒，白騎士突然說：「對不起，我改變主意了，我不想走了，我想回去。」

「為什麼呀？」大夥兒都叫起來。

白騎士說：「我想家，也想主人了。」

黑衣魔嚷著：「主人在睡覺啊！」

白騎士還是固執地說：「我怕他隨時會起來。」

「可是，那太掃興了！」機器人百科天使似乎也不希望白騎士退出，再度強調：「前面還會有好多好東西哦。」

「謝謝你，不過我不想要了。」白騎士說：「我本來就沒覺得我的裝備有多差，何況現在又多了一個這麼棒的背包，即使待會兒帶不回去，但有機會體驗一下也夠了。」

黑衣魔不大高興，「一定又是你怕會弄髒。」

「也有一點吧，」白騎士並不否認，「反正我想回家了。先前不是說過如果半途想回去，隨時都可以回去嗎？」

這倒也是。見白騎士的態度這麼堅決，機器人百科天使只得無奈地用兩手對著白騎士比畫了幾下，說了一聲：「回去！」

說罷，白騎士就消失了。

大夥兒都沉默著。後來，還是黑衣魔打破沉默道：「哼，有潔癖的膽小鬼！算了，不管他，我們繼續走！」

「是啊，」機器人百科天使也慫恿道：「走吧，去找好東西！」

其實也已經開始有些想家的藍精靈、紫哮天和紅閃電，在心裡掙扎了一下之後，還是選擇了繼續前進。

走出森林之後，他們來到一片沼澤。

很快地，他們從蘆葦叢中發現了功能最先進的光束槍和光束刀，槍

把和刀柄上都還點綴著鑽石，非常昂貴。

體驗過了這些，紫哞天也覺得夠了，也想回家了。

◎　◎　◎

　　黑衣魔、藍精靈和紅閃電，隨著機器人百科天使一路前行，通過沼澤區不久，看到一條美麗的河流，河水是碧綠色的，清澈見底。順著河岸走，一直走到路的盡頭，是一個渡口，在那兒看到幾艘小船，有幾艘小船的船帆看起來有些怪異，有一半的部分會時隱時現。

　　原來，這是有隱形功能的披風！

　　穿戴過隱形披風之後，藍精靈也決定要回家了。

◎　◎　◎

現在，只剩下黑衣魔和紅閃電。他們上了小船，開始渡河。

一上岸，迎面是一片翠綠的竹林。

黑衣魔說：「我有預感，竹林裡一定又有好東西。」

機器人百科天使一聽，立刻嘉獎道：「嗯，不錯不錯，你們現在都抓到訣竅啦。」

黑衣魔和紅閃電互望一眼，都在心裡這麼想：「早就抓到了。」

果然，稍後他們就在竹林裡找到了最新款的機械手臂，不但行動起來更靈活，手腕內部還藏有威力強大的雷射槍。

「夠了夠了，」紅閃電嚷道：「體驗過這麼多寶貝之後，我也覺得

很夠了，我也想回家了。」

「什麼？」黑衣魔大怒道：「怎麼連你也這麼沒志氣？這麼容易滿足？我們還沒有真正地到達機器人的國度，還沒有找到黃金護盾啊！」

紅閃電愣了一下，「嘿，還是你厲害！如果你不提，我還真忘了咱們這一趟到底是要去哪裡？又是為了什麼去的呢。」

「所以，咱們再繼續一起努力吧。」黑衣魔鼓勵道。

「可是，我真的想回家了呀。」紅閃電說。

這時，原本在一旁觀望的機器人百科天使，故意清清嗓子，飛到他們中間，提醒道：「對不起，打個岔，竹林還沒有完全走完哦。」

黑衣魔和紅閃電都明白這是什麼意思，趕緊回頭展開進一步的搜

索，終於又找到了一種銀質的可動骨架。這種骨架可以大大的增加機器人的運動性能，使他們能做出更為擬人化的動作。

黑衣魔真是高興透了，「哈哈，真棒！我早就想要這麼一副可動骨架了！」

紅閃電卻顯得非常平靜；他開始在認真思考一個問題⋯⋯

黑衣魔沒注意到紅閃電的安靜，還在一個勁兒地直嚷嚷：「有了這種可動骨架，我們就可以更逼真了！哈哈，真棒！怎麼樣？還好你剛才沒有太早放棄吧！」

「可是——這又有什麼意義呢？」紅閃電突然說。

黑衣魔這才猛然停止歡呼，看著伙伴，不解道：「你這話是什麼意

思？」

「我的意思是，再逼真又有什麼用？不管能多逼真，我們也仍然只是一個機器人——不，應該說——只是一個機器人玩具！——還是白騎士那傢伙聰明，他早就這麼說過了！」

黑衣魔頓了半晌，「好吧，就算只是一個機器人玩具，我也要做一個最棒的機器人玩具，我要用最棒的、最貴的、最豪華的裝備！哪怕我只能短暫擁有這些裝備，我覺得那也很值得了！」

「有的有的！」機器人百科天使插嘴道：「你想要的，『最豪華的機器人』他都有，我馬上就要帶你們去找他，我相信他一定會很樂意把裝備都讓給你們，他不僅有黃金護盾，還有黃金頭盔和黃金盔甲！」

「聽到沒有？兄弟，咱們不要再浪費時間了，趕快走吧！」黑衣魔對紅閃電說。

紅閃電卻看著他，嘆了一口氣，「我真的不想再要什麼好東西了，我覺得我應該回家——事實上我早該回家了！畢竟，身為玩具，能夠常常陪伴在主人身邊才是最大的光榮啊！有沒有好的裝備並不重要，何況我也已經有過這麼多的新裝備，也該知足了。」

◎　　◎　　◎

　　終於，只剩下黑衣魔一個人，在機器人百科天使的引領下，繼續翻山越嶺，前往機器人的國度。

　　「其實啊，」機器人百科天使說：「我早就知道到頭來一定只有你一個人能堅持到最後。」

　　「對了，我很想知道，為什麼你能那麼確定那位先生會很樂意把所有的裝備都讓給我？」黑衣魔問道。

　　「這個嘛——不好意思，我得賣個關子，反正就快到啦，等你見到他，你自己再問他吧。」

　　好不容易，在經過一個壯觀的瀑布區之後，深谷裡出現了一座圓頂

的宮殿。黑衣魔覺得這座宮殿看起來非常親切，因為它看起來就像是主人用積木拼出來似的。

忽然，一陣傷感向黑衣魔襲來，他也開始有些想家了⋯⋯

「到啦！恭喜你！機器人的國度終於到啦！」機器人百科天使笑咪咪地宣布。

「那麼，他呢？『最豪華的機器人』呢？他就在裡面嗎？」黑衣魔一迭聲地問道，疾步衝上台階，再用力推開宮殿的大門——

在幾乎是空無一物的宮殿裡，昂然站立著一個威風帥氣的機器人。

機器人百科天使說得沒錯，這個機器人不僅擁有黃金護盾，還有黃金頭盔和黃金盔甲，完全是成套精品，整個人看起來金碧輝煌，令人無

法直視，黑衣魔一開始還不得不半瞇起眼睛，才能經得起那耀眼的光芒。

他屏住呼吸，一步步地朝著這有如是神話傳說般的機器人靠近。漸漸地，黑衣魔的眼睛適應了室內的光線，很快就看清楚了這位先生渾身上上下下果然都是最新最棒的裝備，真不愧是「最豪華的機器人」。

出乎黑衣魔意料之外的是，他還來不及開口呢，對方卻先說話了：「啊，太好了！你來了！你終於來了！快過來吧！」

黑衣魔一聽，反而停下了腳步，一臉困惑地問道：「你認識我？」

「不認識，不過也無所謂，只要有人來就好！你一定很想要我這身裝備吧？沒問題，我統統都給你！請你快點過來吧！」

機器人百科天使幫忙向黑衣魔解釋道：「他是要你趕快去就定位。」

　　黑衣魔這才注意到，那個傢伙所站立的那塊地磚特別璀璨；黑衣魔心想，那想必就是所謂的「定位」了。

　　「為什麼要這麼急？」黑衣魔狐疑道。

　　「因為我已經等得太久了！求求你，快點過來吧！」那個傢伙竟然開始苦苦哀求。

　　黑衣魔又是一愣，「等得太久？這是什麼意思？你等誰等得太久？」

　　「我也不知道我在等誰，總之是等一個像你這樣的人，隨便什麼人

都可以！拜託，你怎麼這麼囉嗦啊！」那個傢伙顯然不耐煩了，聲調也拔高不少，「拜託你快過來行不行？我把所有的裝備都給你，讓你來當『最豪華的機器人』，這樣我就可以走了！」

黑衣魔愈聽愈覺得不對勁兒，更不肯再往前挪動半步，堅持非要先弄清楚到底是怎麼回事。

「哎，真不乾脆！」那個傢伙只好煩糟糟地嚷嚷著：「你不是一直想當『最豪華的機器人』嗎？那就讓你來當啊！我不想當了，我想回去了！回去才能玩！一直站在這裡又不能動又不能玩，真沒意思，我受夠了！」

黑衣魔總算明白過來，大吃一驚道：「你的意思是說──只要一站

在這裡，就不能隨便離開，一直要等到有人自願來接棒為止？」

「沒錯，就是這樣啦！你問完了吧？問完就趕快過來吧！」

怪不得！黑衣魔心想，怪不得機器人百科天使曾經說，「最豪華的機器人」將會很樂意把自己的裝備讓出來，原來是這麼回事！

「請問你在這裡等了多久？」黑衣魔問道。

「天啊，你的問題怎麼這麼多啊！我不知道啊！反正已經久到我早就弄不清楚有多久了，拜託你快點過來吧！我真的好想走了！」

聽聲音，那個傢伙好像快要哭出來了。

黑衣魔心想，如果自己頂替了這個傢伙站在這裡，萬一也是遲遲等不到任何人來接棒，萬一必須一站就站一輩子，那——那可怎麼辦？這

個代價就未免太大太大了！

他立刻做出了決定。

「算了，我想我就不過來了，」黑衣魔說：「我不想要你那套黃金裝備了，你看，我已經免費得到這麼多裝備了啊——」

萬萬想不到的是，他的話還沒有說完，機器人百科天使竟然打斷道：「不是免費的。」

「不是免費的？」黑衣魔驚詫道：「可是我沒有付過什麼呀！」

「不，你已經付過了。」

「付過？我付了什麼？」黑衣魔一頭霧水，但也突然隱隱有一種不祥的感覺。

「就是時間啊！」

黑衣魔立刻如遭雷擊，用顫抖的聲音問道：「你這話是什麼意思？」

與此同時，他也想到難怪機器人百科天使曾經說過，即使要付什麼費用也一定是他們付得起的……天啊！原來是這個意思！

黑衣魔不敢再想下去，於是，他不想再等任何回答，急急忙忙大喊一聲：「我要回去！」

就在那一個短暫的瞬間，他彷彿還聽到「最豪華的機器人」那帶著哭聲的哀求：「拜託你快點過來啊！拜託你快點過來替我啊！……」

◎　◎　◎

　　黑衣魔回到了主人的房間，還是在主人的書桌上。但是，書桌上的景象卻和他印象中完全不同，盡是一大堆很像是書的怪東西。

　　（實際上那都是些課本、參考書和各式各樣的測驗卷。）

　　黑衣魔正在懷疑難道是自己回錯了地方，一個熟悉的聲音從上方傳來：「哎呀，太好了！你終於回來了！」

　　黑衣魔抬頭一看，看到書架上站著一個似曾相識的傢伙。

　　「怎麼？不認得我啦？」那個傢伙友善地問道。

　　黑衣魔仔細辨認著，沒什麼把握地說：「是你嗎？——白騎士？」

　　「是呀，是我啊，黑衣魔，你可回來啦。」

「我的老天爺！」黑衣魔還是不敢相信，「你現在看起來應該叫作『灰騎士』才對！」

白騎士笑笑，不以為意，只是淡淡地說：「那是因為我舊了。」

一聽到「舊了」，黑衣魔立刻心頭一驚。

「完了！」黑衣魔黯然神傷……自己猜得沒錯，果然是已經過去很長時間了，否則白騎士怎麼會變成「灰騎士」，又怎麼會舊了呢？

「那——」黑衣魔顫抖地問：「其他的弟兄？——紅閃電、藍精靈和紫哮天呢？他們在哪裡？」

「他們都上天堂去了，機器人的天堂。可是你不必為他們難過，他們的一生都很幸福，因為他們——應該說是我們——一直是主人最喜歡

的玩具。」

黑衣魔聽了，想到自己錯過了那樣的時光，心痛得說不出話來。

「不過，我覺得你的一生也很不錯，既能實現自己的夢想，在機器人的國度得到你想要的東西，又能被主人懷念了好長一段時間——對了，你找到那個黃金護盾了吧？」

「其實——我不需要那些——我到現在才明白，為了那些，我竟然失去了最珍貴的東西——如果可以重新選擇，我一定會和你一樣早早回來，或者根本打從一開始就不要離開，這樣我也就能一直和主人在一起——天啊！我好懷念那種被珍視的感覺啊！」

白騎士知道這些都是黑衣魔發自肺腑的真心話，趕緊安慰老友道：

「不要難過，你還有機會的，因為咱們的主人早就當了哥哥啦！喏，你回頭看看，是誰進來了？」

　　黑衣魔回頭一看，驚訝地看著一大一小兩個男孩走了進來。那個大的就是主人小寶（不過他已經長大多了，或許應該叫作「大寶」啦。），而緊跟在他身後的小「跟屁蟲」，想當然爾就是主人的弟弟（或許可以叫作「小小寶」）。

　　小小寶正在撒嬌，「哥哥，你要送我什麼生日禮物？快點告訴我啦！」

　　「好啦好啦──」哥哥漫應著，還不知道該怎麼回答（因為他根本還沒有準備），小小寶突然興奮地叫了一聲，然後像一支箭似地朝著哥

哥的書桌衝了過去！

這是因為他看到站在書桌上的黑衣魔啦！

「哇！這是送給我的吧！太棒了！我也有武士機器人了！」小小寶歡呼著，高興得又蹦又跳，一個勁兒地直嚷嚷：「謝謝哥哥！哥哥最好了！」

而他的哥哥呢，其實是莫名其妙，咕噥著：「奇怪，這是誰放在這裡的？怎麼那麼像我以前搞丟的那個機器人？」

「不管不管，送給我囉，真的送給我囉！」小小寶的小臉滿是燦爛的笑容。

這麼一來，做哥哥的儘管心裡納悶，但是看到弟弟那麼喜歡，也就

算了，不再深究，就由著弟弟把黑衣魔拿去玩了。

從這天晚上開始，黑衣魔展開了他的新生。

國家圖書館出版品預行編目資料

最豪華的機器人／管家琪著；陳維霖圖. --
　　初版. -- 台北市： 幼獅, 2009.04
　　　　面； 公分. --（新High兒童. 童話館：
　　5）

　　　ISBN 978-957-574-723-7（平裝）

　　859.6　　　　　　　　　　98000701

・新High兒童・童話館5・

最豪華的機器人

作　　　者＝管家琪
繪　　　圖＝陳維霖
編　　　輯＝林泊瑜
美術編輯＝裴蕙琴
出 版 者＝幼獅文化事業股份有限公司
發 行 人＝李鍾桂
總 編 輯＝劉淑華
總 公 司＝10045台北市重慶南路1段66-1號3樓
電　　　話＝(02)2311-2836
傳　　　真＝(02)2311-5368
郵政劃撥＝00033368

門市：幼獅文化廣場
●台北衡陽店：10045台北市衡陽路6號
　　電話：(02)2382-2406　傳真：(02)2311-8522
●松江展示中心：10422台北市松江路219號
　　電話：(02)2502-5858轉734　傳真：(02)2503-6601
●苗栗育達店：36143苗栗縣造橋鄉談文村學府路168號（育達商業技術學院內）
　　電話：(037)652-191　傳真：(037)652-251

印　　　刷＝祥新印刷股份有限公司　　　　幼獅樂讀網
定　　　價＝250元　　　　　　　　　　　http://www.youth.com.tw
港　　　幣＝83元　　　　　　　　　　　 e-mail：customer@youth.com.tw
初　　　版＝2009.04
書　　　號＝987177
ＩＳＢＮ＝978-957-574-723-7

幼獅文化公司／讀者服務卡／

感謝您購買幼獅公司出版的好書！

為提升服務品質與出版更優質的圖書，敬請撥冗填寫後（免貼郵票）擲寄本公司，或傳真（傳真電話02-23115368），我們將參考您的意見、分享您的觀點，出版更多的好書。並不定期提供您相關書訊、活動、特惠專案等。謝謝！

基本資料

姓名：＿＿＿＿＿＿＿＿＿＿＿＿＿＿＿＿＿先生／小姐

婚姻狀況：□已婚 □未婚　職業：□學生 □公教 □上班族 □家管 □其他

出生：民國＿＿＿＿＿年＿＿＿＿＿月＿＿＿＿＿日

電話：（公）＿＿＿＿＿＿（宅）＿＿＿＿＿＿（手機）＿＿＿＿＿＿

e-mail：＿＿＿＿＿＿＿＿＿＿＿＿＿＿＿＿＿＿＿＿

聯絡地址：＿＿＿＿＿＿＿＿＿＿＿＿＿＿＿＿＿＿＿

1.您所購買的書名：**最豪華的機器人**

2.您通常以何種方式購書?：□1.書店買書 □2.網路購書 □3.傳真訂購 □4.郵局劃撥
　　　　（可複選）　　□5.幼獅門市 □6.團體訂購 □7.其他

3.您是否曾買過幼獅其他出版品：□是，□1.圖書 □2.幼獅文藝 □3.幼獅少年
　　　　　　　　　　　　　　　□否

4.您從何處得知本書訊息：□1.師長介紹 □2.朋友介紹 □3.幼獅少年雜誌
　　　　（可複選）　　□4.幼獅文藝雜誌 □5.報章雜誌書評介紹＿＿＿＿＿報
　　　　　　　　　　　□6.DM傳單、海報 □7.書店 □8.廣播(　　　　　)
　　　　　　　　　　　□9.電子報、edm □10.其他

5.您喜歡本書的原因：□1.作者 □2.書名 □3.內容 □4.封面設計 □5.其他

6.您不喜歡本書的原因：□1.作者 □2.書名 □3.內容 □4.封面設計 □5.其他

7.您希望得知的出版訊息：□1.青少年讀物 □2.兒童讀物 □3.親子叢書
　　　　　　　　　　　□4.教師充電系列 □5.其他

8.您覺得本書的價格：□1.偏高 □2.合理 □3.偏低

9.讀完本書後您覺得：□1.很有收穫 □2.有收穫 □3.收穫不多 □4.沒收穫

10.敬請推薦親友，共同加入我們的閱讀計畫，我們將適時寄送相關書訊，以豐富書香與心靈的空間：

(1)姓名＿＿＿＿＿e-mail＿＿＿＿＿電話＿＿＿＿＿

(2)姓名＿＿＿＿＿e-mail＿＿＿＿＿電話＿＿＿＿＿

(3)姓名＿＿＿＿＿e-mail＿＿＿＿＿電話＿＿＿＿＿

11.您對本書或本公司的建議：

廣 告 回 信
台北郵局登記證
台北廣字第942號

請直接投郵　免貼郵票

10045　台北市重慶南路一段66-1號3樓

幼獅文化事業股份有限公司

請沿虛線對折寄回

客服專線：02-23112836分機208　傳真：02-23115368

e-mail：customer@youth.com.tw

幼獅樂讀網http：//www.youth.com.tw